1346

e

ODE

POVR

LE ROY.

A PARIS,

Chez SEBASTIEN MABRE-CRAMOISY,
Imprimeur du Roy, aux Cicognes.

M. DC. LXVIII.

ODE

POVR LE ROY.

OY, *dont noſtre auguſte Mo-*
narque
Priſe tant la fidelité,
Toy, qui de ſa juſte Bonté
Châque jour reçois quelque mar-
que :
Quand je publie à haute voix
Et ſes Vertus & ſes Exploits,
COLBERT, *ſuſpens vn peu tes Veilles;*
Il n'eſt ny concert ny propos,
Qui flatte ſi bien tes oreilles
Que l'Eloge de ce Heros.

A ij

Entre ſes illuſtres Orphées
Je conſerve vn rang aſſez beau,
Et je ſuçay dans le berceau
L'amour des neuf Sçavantes Fées :
L'effort que nagueres j'ay fait
D'ébaucher ſon divin Portrait
A meſmes eû l'heur de Luy plaire ;
Et je me ſens comme forcé
Par le brillant feu qui m'éclaire
A finir ce que j'ay tracé.

J'ay fait voir comme en ſon Enfance
Il vainquit l'Aigle & le Lion ;
Comme de la Rebellion
Il domta l'aveugle inſolence :
J'ay fait voir de ſes Ennemis
L'orgueil entierement ſoûmis
Et preſt d'expirer ſous ſes Armes ;
Si THERESE par ſes beaux yeux,
Et par le pouvoir de ſes charmes
N'euſt vaincu le Victorieux.

Lorsque son heureux Hymenée
Par le doux retour de la Paix
Eût pour vn temps de ses hauts Faits
Borné la course fortunée :
Quel autre Roy plus sagement
Sceut appliquer son Jugement
Au soin des Affaires publiques ;
Et d'vne plus noble chaleur
Signala d'Actes heroïques
L'interregne de sa Valeur ?

Il a foudroyé ces Harpies
Qui rongeoient leur Païs natal,
Et d'vn Bras aux Monstres fatal
Il a renversé les Impies :
Le Vice à ses pieds abattu
A veû refleurir la Vertu,
Elle est son plus doux exercice ;
Il fait de son Thrône puissant
Le Tribunal de la Justice,
Et l'Azile de l'Innocent.

Il a remis la belle Aſtrée
Dans ſa premiere pureté,
Que le Luxe & l'Avidité
Auroient enfin défigurée :
Il a rétabli les beaux Arts,
Et dans ſa Cour de toutes parts
On voit les Muſes rappellées ;
Elles n'ont d'éclat que par Luy,
Et de ces Vierges deſolées
Il fait gloire d'eſtre l'Appuy.

Ce Louvre, où l'Induſtrie aſſemble
Tant de pompe & tant d'agrément,
Luy doit ſon embelliſſement
Plus qu'à tous ſes Ayeux enſemble :
Mille autres Ouvrages divers
Qui ſurprennent tout l'Univers
Peuvent rendre ſon Regne illuſtre ;
Mais bien qu'on n'ait rien veû de tel,
De Luy Seul il tire ſon luſtre,
Et va Seul ſe rendre immortel.

Tandis que nos jours doux & calmes
Luy déroboient mille Lauriers,
Et que nos tranquilles Guerriers
Dormoient à l'ombre de ses Palmes :
Les Ottomans d'ire enflammez
Furent comme Loups affamez
Fondre sur l'Aigle Imperiale ;
Déja mesmes ces inhumains
Luy portoient l'atteinte fatale,
Quand il l'arracha de leurs mains.

Le Croissant abbaissa ses cornes
A l'aspect de nos Estendars,
Et perdit dans le champ de Mars
Son Orgueil qui n'a point de bornes :
Il vit au seul Nom de LOVIS
Tous ses soldats évanoüis
Dont il croyoit vaincre le Monde ;
Le Rab publia leur affront,
Et leur sang meslé dans son onde
Rougit celle de l'Hellespont.

Que vos jours font en affeurance,
Et que voftre Sort eft heureux,
Peuples, qu'vn Roy fi genereux
Honnore de fon alliance !
Pour vous affranchir des dangers
Tous obftacles luy font legers,
Rien ne refifte à cét Alcide ;
Tout eft à fes Armes foûmis,
Et quiconque eft fous fon Ægide
N'a que de foibles Ennemis.

Cette prudente Republique
Qu'arrofent la Meufe & le Rhin,
Fait bien voir quel eft le Deftin
De ceux pour qui fon Bras s'explique :
Toute fa force & fa fierté
Auroient à peine refifté
Aux traits d'vne double Puiffance ;
Si ce glorieux Conquerant
Par fon Fer & par fa Balance
N'euft decidé le Different.

Mars

Mars enfin ouvre la carriere
Qui doit couronner ſa Valeur,
Et l'Eſpagne pour ſon malheur
En fournit la juſte matiere :
Pour ne Luy pas rendre ſes droits
Elle combat ſes propres loix
Par vn aveuglement funeſte ;
Mais Elle va s'en voir punir,
Et perdre tout ce qui luy reſte
Lors qu'Elle veut tout retenir.

Non non, vn Roy ſi magnanime
Ne fait point d'effort qui ſoit vain,
Lors qu'il met l'epée à la main
Pour vn intereſt legitime :
De ſon cœur a-t-Elle effacé
Tout le ſouvenir du paſſé,
Et qu'il eſt le Dieu de la Guerre ?
Oſe-t-Elle encor vne fois
Attendre l'effet d'vn Tonnerre
Qui l'avoit reduite aux abois ?

B

Déja son éclat redoutable
Pour la ranger à son devoir
L'éblouït & luy fait bien voir
Que sa cheute est inévitable :
Déja Bergues, Furnes, Doüay,
Alost, Oudenarde, Tournay,
Et tant d'autres Villes conquises,
Sentent qu'une celeste Main
Conduit ses justes Entreprises,
Et qu'il est leur vray Souverain.

O qu'Elles ont trouvé de charmes
Sur le front d'un Vainqueur si doux,
Qui n'a ny rigueur ny couroux,
Außi-tost qu'on met bas les armes!
Elles benissent mille fois
Le jour qui les soûmit aux loix
De ce Heros couvert de gloire;
Mais qu'il a de joye à son tour
Lors qu'il acheve sa Victoire
Moins par force, que par amour!

Que si l'Isle a parû rebelle,
Qu'a fait son inutile effort,
Que distinguer un peu son Sort
Et rendre sa prise plus belle?
COLBERT, tu vis ce Potentat
S'exposer en simple soldat
A son aveugle resistance ;
Toûjours briller de toutes parts,
Et de sa seule contenance
Esbranler ses fermes remparts.

Tel le vaillant fils de Pelée
N'estoit point devant Ilion,
Lors que plus hardi qu'un Lion
Il combattoit dans la meslée :
Tel ce Monarque ambitieux
Qui se fit mettre au rang des Dieux
Ne parut point dans les batailles ;
Et son bras se fit moins sentir
Aux fiers Deffenseurs des murailles
Des Oxydraques & de Tyr.

Mais quand d'vne démarche promte
Les Ennemis long-temps cachez,
Sur l'vn de ses Camps détachez
Voulurent reparer leur honte :
Tu vis leur complot avorté
Par sa guerriere Activité,
Qu'on ne peut égaler qu'au Foudre ;
Qui dans l'instant qu'il part des Cieux
Fait de tristes monceaux de poudre
Des Monts les plus audacieux.

Son Exemple & sa Renommée
De ses Guerriers enflent le cœur ;
Son Nom fait marcher la Terreur
Devant les pas de son Armée :
Son Genie y regne par tout,
Prevoit, examine, resout,
Et seul il la rend invincible ;
Il en est le Phare & l'appuy,
Et toute Entreprise est possible
A ceux qui combattent pour Luy.

Depuis que pour reprendre haleine,
Et nous charmer par son retour,
Il eut du Belgique sejour
Abandonné l'heureuse plaine :
Forts de son seul éloignement
Les Espagnols impunément
Croyoient exercer leur vengeance ;
Mais leur dernier choc fait bien foy
Que la Victoire en son absence
Suit les Armes de ce grand Roy.

Ainsi quand par un long orage
Sur l'affreux Empire des Eaux
D'un nombre infiny de vaisseaux
Neptune a causé le naufrage :
Bien qu'avec les Vents mutinez,
Que sa colere a déchaisnez,
Il rentre en ses grottes profondes ;
Souvent l'orgueil qui reste aux Flots
Perd les Fregates vagabondes,
Qu'ont crû sauver leurs Matelots.

Tant de superbes avantages,
Tant de succez, tant de splendeur,
Ne sont pourtant de sa Grandeur
Que les Premices, & les Gages :
O que dans la suite des ans,
Fortune, par d'autres presens
Il faudra bien que tu t'acquittes !
Rien ne doit borner son pouvoir,
Et si le Monde a ses limites,
Son Courage n'en peut avoir.

L'esclat d'vne si belle Vie
Luy peut susciter des Rivaux,
Mais ce n'est que par ses travaux
Qu'il pretend confondre l'Envie :
La Peine fait tout son plaisir,
Et d'vn impatient desir
Il attend ces grandes Journées,
Où tous les contraires Partis
Luttans contre ses Destinées
Luy doivent estre assujettis.

Heureux Témoin de ses Conquestes,
Pour qui sa Gloire a tant d'appas,
Qui vas toûjours d'vn mesme pas,
Et ne crains ny bruits ny tempestes :
Qui par d'infatigables soins
Le sers aux plus pressans besoins,
Et rien que Luy Seul n'envisages ;
Marche où ton Zele te conduit,
Bientost, COLBERT, *de mes Presages*
Tu luy verras cueillir le fruit.

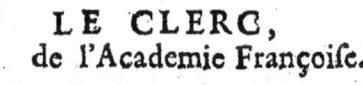

LE CLERC,
de l'Academie Françoise.

www.ingramcontent.com/pod-product-compliance
Lightning Source LLC
Chambersburg PA
CBHW061433170626
46811CB00005B/2255